KB053568

다다

산지니시인선 013

다다

서규정 시집

산지니

거칠고 투박하다는 것도 살고 싶다는 삶의 포즈다.

| 차례 |

시인의 말 하나   005

제1부

낙화   013

명랑   014

체류   016

생화   017

능사   018

간격   019

특산물   020

화문   021

점멸   022

미인도   023

못, 두들겨라 연못   024

盤松洞   026

사선에서   027

곧, 사과   028

평화 軍   030

하루   031

감긴 눈이 더 감기려 할 때   032

쪽박 위에서 또 내일을   034

신세계　036

역무원　037

안개 뒷문　038

그곳에 사랑이 살았다　040

반풍수　041

익명의 계절　042

제2부

미사일 쏘는 여자　047

접속　048

드디어 의자엔 앉을 것이 앉았다　050

해는 또 정오에 지네　053

가자, 가자행 열차는 붉은 노을에 맞춰 떠나네　054

사막에서 종이 울릴 때　056

방은, 방밖에 짓지 못한다　057

비　058

투혼　060

맨입　062

장미 패　064

위치의 위기　065

미행　066

도마 앞의 생　067

그 끝없이 청춘을 스쳐지나간 꽃잎들　068

매료 069

첫물바다 070

황사, 미세먼지에 대한 재확인 071

新 공무도하가 072

가끔은, 보름달도 기러기 떼에 포위될 때가 있구나 074

항명 075

부름 / 한쪽 눈에서만 흐르는 눈물 076

파란 대문 077

두 팔이 여섯 시에 흘러갔네 078

제3부

피막 081

금빛 미륵의 세계 082

질문자에겐 가까이 가지 않기 083

귀곡사 084

한림 兄 086

방울이네 방 088

새들은 무조건 고향을 떠야, 고향이다 090

화염 091

미카 092

그때, 그 여자 나이 서른여섯 094

사약 095

기후, 그래 나는 아직도 불탄다 096

기후, 묻지 마 098

감격시대 100

노트야 놀자 102

영월 103

천 개의 바람 104

철시 106

백합부대 108

가짜야 오라, 오래 머물다 가지를 마라 110

1% / 이제 만나러 갑니다 112

삼각토론 114

책, 읽어주는 남자 116

나비 잡는 법 117

해설 | 낮은 곳에서 나비를-고봉준 119

제 1 부

낙화

만개한 벚꽃 한 송이를 오 분만 바라보다 죽어도
헛것을 산 것은 아니라네

가슴 밑바닥으로부터, 모심이 있었고

추억과 미래라는 느낌 사이
어느 지점에 머물러 있었다는 그 이유 하나로도 너무 가
뿐한

명랑

이슬아 우리 내기 한번 해볼래, 멀리 그 멀리에서 불어오
는 바람 맞듯
어디 미풍의 언덕 풀잎 위에서 만나 누구 몸이 무거운가
너는 찬연한 은빛 몸매 올려놓고
나는 눈물을 올려 구르고 굴러 풀잎들을 한번 흔들어 보
자니까
어차피 멸치젓 냄새에 네 몸 절었을 테고
진실과 정의는 애써 외면해야 살아남는
이 사회가 너무 아파서, 비릿하기는 마찬가지라 해도
천공을 뚫고 날아오는 이슬이나
날마다 모공을 뚫고 나온 머리칼 흩날리며 사는 목숨이나
본토 본명은 되도록 쓰지 말고
연지곤지 찍어 바를 틈 없으니 그냥 방울과 방울로
서로 받아온 사명은, 사람은 결국 이슬로 가고
이슬은 맹렬하게 타오르는 것에 바탕을 둔다면
젖고 마름이 곧 한 몸
다시 바람이다, 풀잎 끝에 앉았다 일어섰다 누가 가벼울까
시시한 내기보담, 그저 먼 길 같이 털고 가는 우리를

맨 나중엔, 저 높은 풀씨들을 보아 그렇게 불러줄 것이니,
어허 둥가둥가

체류

길이 끝나는 곳에서, 길이 다시 시작된다고
왜 거짓말들을 하지
길이 많아지면 양들이 길을 잃는다는데
폼페이나 로마로 가는 것도 아니라면
돌아선다
모두 다 돌아선 곳에서 꽃은 핀다
휴전선 철책 밑에
올해도 진달래 철쭉은 그렇게 엉켜 피겠지

분단이란, 폐허 그 자체로 얼마나 아름다운 성채일까

생화

―모든 병사에겐 어머니가 있다네―

이 한마디를 어디서 읽었더라
그렇지
유엔묘지 한구석에 동란 때 전사한 어린 호주 병사의 묘
비명이었지

능사

제비 떼가 날아가다가 가다가 지쳐

꽃잎처럼 뒤집어져 나풀나풀 떨어지는 그곳

화염이 아니라면 무엇으로 꽃을 달구었겠는가

따뜻하다 못해 물에 물 맞아 물로, 불탄 자리

모두들 강남이라고 불렀다

간격

비를 퍼다 부어도 징그럽게 퍼붓네
시장구석 커피장수 허기져 잡아당기는 때늦은 국수발처럼
후룩후룩

처마 끝에 노숙자 제 모습이 너무 지겨워
동에 번쩍 서에 번쩍 나타나는 번개라고 얼렁뚱땅 둘러
부치듯이
주룩주룩

버스 정류장도 쉬고, 약국과 병원도 쉬는데
이별도 율동이라면 오늘만큼은 쉬자 해도
텅 빈 자리를 억지로 채우듯이, 억수 같은 비
그중에서도 제일로 가늘고 아득한 가지
눈썹 끝에 대롱대롱 매달리던 사람
멀어서 가깝고, 가까워서 또 먼
서로 기대지 않는 그 거리를 간격이라 하지요
사바 이쪽에선 어지간하면 별명으로 통하는, 온몸이 방울
인 당신

특산물

뭐 너희 동네 명산물이 안개라고
우리 쪽 특산물은 아침해야

나비 한 마리의 날갯짓에 온 바다가 출렁거리듯이
공정해라 공편하게 퍼지기만 하면 된다, 이것이
오늘도 신명이 난 태양이 지그재그로 떠오를 단 하나의
이유였다만

그런데 왜 맘이 지랄 같지, 사기 친 것처럼 속이 부글거리지

화문

얼굴이야 언젠간 피어날 수 있는 것 아닌가
자라면서는 잘남도 못남도 없다
못난이들이 가방을 메고 깔깔대며 단체로 걸어간다
중2나 되나 보다
꽃이라 부르기 전에 먼저 활짝 타올라야 꽃이라 한다
물위에 뜨는 꽃잎이 강물의 흐름을 막을 수는 없어도
잠시잠깐 소용돌이로 쉬어갈 수는 있겠다

강이 너무 길기 때문이다

점멸

혼자이면서 끝끝내 대중인
대중이면서 참을 수 없이 혼자인

붉은 신호등도
매번 실신하는 즐거움으로 살아

이 거리 바글바글 몰려다니는 모습들을 지켜주기 지겨워
푸른 신호등으로 다시 태어나기 싫어

순간이 죽는 순간을 택할 뿐이야

오지 마
가지도 마

스스로의 싸움에서조차, 저 외로움이란 격정은
붉으락푸르락 늘 서슬만 퍼래

미인도

그림은 화선지보다 마음자리에 그려야 그림이지
개개인의 미인도는 그렇게 탄생하는 것이겠지
현대사회를 살아가는 우리들은
늘 심장들이 먼저 뜨겁다

저 미리 붙는 미친 불, 미인도

환장할 사랑이라고도 했다
그렇다. 이 세상 최고의 그림은 박물관에 남는 것이 아니라
이미 불타버린 것이다

재, 저 하얀 새를 누가 한번 잡아 보아라

못, 두들겨라 연못

후드득후드득 지나가다 괜히 굵어지는 비
경기장에만 가면 먹구름은 왜 몸부림치듯 몰려다니는지
갑자기 생각나요, 시골구석을 온통 미모로 사로잡다
서울로 대학 가, 가짜 고시생과 살림 차렸다 들켜선
아이는 외국으로 입양시키고
첩첩산중에 들어가 한 발짝도 나오지 않는다는, 해인스님
어두컴컴한 토굴 속에서 오늘도 무얼 용맹정진 하시나요
백년이 흘러도 상처 하나 없이 미끈한 것은, 시간과 바람
뿐인 것을
환호작약, 여기를 좀 보세요
이 삼만 운집한 관중 앞에서 투수가 백 개 이상 던진 공보다
하나, 이번에 던질 공 하나가 더 중요하다는데
높이 든 관중들 손목마다가 구장에 꽂힌 너덜너덜한 꽃다
발이라면
통 목숨, 발끝에서 머리까지가 온통 목 줄기인 해바라기처럼

비는, 이 세상에 처음 박힌 못이 아닐까요

물에 떨어진 빗방울이 동그랗게 그려가는 파문

못대가리도 활짝 펴지면 저렇게 아름다워요

우리 못처럼 모여 연못에서 같이 살아요, 스님

비는 비린내를 풀풀 풍기고, 연꽃은 뜬구름의 기억을 살살
더듬듯

盤松洞

인구 십만 명 이상이 사는 반송동엔
결혼식장이 없다네
그러니 청년들아
어찌 저찌 연애를 하다
두둥실 아이를 배
급히 교회당을 빌려 예식을 마치고
첫날밤도 아닌 그 밤에
와인 몇 잔 마신 신부가 핑 돌아
사실은 처녀가 아니었다고 고백을 해도, 무조건 받아들여라
뜨고 지는 이치는 같은 것이고
곧 동백꽃 진다
결혼식장보다 공동묘지가 가까운
우리 동네에선 그 첫, 이라는 말을 별로 따지지 않는다

다만, 첫 죽음들을 묻을 뿐이다

사선에서

저격수가 왼손잡이이건 오른손잡이이건
그건 따질 것 없다
영점을 잡고
조준선정렬, 이후 격발

총알은 무조건 과녁 중앙을 향해 또 날아갈 줄 아나

빙글빙글
나비 한 마리도 제자리가 지겨워
나사처럼 몸을 비틀어 빼고 헐렁하게 날아가는
직선과 직통을 버린 저 봄날의 자세를 보렴

곧, 사과

벌겋게 눈을 떠라, 무덤 속에 들어가면 잠은 실컷 잘 수 있
나니

살아 있는 동안 닦고 조이고 기름 쳐라

우리 동네 입구 도서관에 말씀 한 자락이 그럴듯하게 깔
렸다

또 그것인가, 공개경쟁, 민족사적 수난과

드난살이를 하던 때를 까맣게 잊고 집단무의식이 끌고 가는

경제만능의, 요지경 속에 뒤처진 빈민들은 어쩌라고

그래 미래는 아무래도 암울해야 미래겠지

이리저리 둘러보아도 갈 곳이 별로 없다면, 별천지를 찾아
가야지

야구장에 들면 열 개 구단의 깃발따라 바람도 따로따로
불어

바람의 바운드를 맞추려다 공을 놓친 수비수들이 겹쳐 나
뒹굴며

누워서 걷는 하늘,

영웅도 전설도 보이지 않는 이 시대에 그대들이 영웅들이다

두근두근 혼자 걷는 내 가슴속에 낙원은 운동장보다 별반

크질 않아

　곧, 사과

　도무지 받아낼 수 없도록 쏟아지는 별빛 속에선
　새삼스러울 것 없이 줍는 것이 곧, 새로운 축복이다
　야구공만 한 사과 한 알이 뚝 떨어져 지축을 흔들 때
　손에 쏙 들어온 야구공, 아니 사과를 다시 집어 던지는 걸
보면서
　횡설수설 던진 말을 정리하려면
　어라하! 생떼 같은 빈민들의 목숨보다, 변명은 좀 더 길어
야 할 것이다

평화 軍

왼쪽이냐 오른쪽이냐, 풍향계처럼 따질 일이 아니다
계급도 훈장도 필요치 않고
바람이 불면 부는 대로
납작 엎드려 있다가 끝까지 살아남아선

해시계는 거꾸로 갈수록 마냥 좋았다

앞뒤 마을 처녀들이 기다리는 고향 땅으로 가려고
푸석푸석 폐비닐 같은 얼굴빛을 펄럭이며
오늘도 지하철에서 막 올라온 다 늙은 감정노동자, 하나

그 용병 하나가 다냐

다다

하루

냉정과 열정
왜 사니, 도대체 무엇으로 살아
예정도 없이 빡빡한 날들이 지루하기만 해
해롱해롱 술 먹고 죽어
캭 목매달고 죽어
벼락 맞아 죽어
연꽃연못에 빠져나 죽어
반역을 도모하다 총 맞아 죽어
춘투, 그 광장에서 노동자 대신 분신을 해
그보다 곱게 미쳐서 가
여러 가지로 죽어야 할 이유 중에
딱 하나 사는 방법은

살아가는 버릇은 그대로 남겨 두었다는 것이지

아침 태양은 스스로를 치우기 위해
동쪽에서 떠 서쪽으로 뉘엿뉘엿 지듯이
하루는, 이렇게나 길었다

감긴 눈이 더 감기려 할 때

이 봄날에 터지는 건 꽃망울뿐인데
남의 집에 들어가 눈뜨고 낮잠 자는 주인에게 놀라
그 자리에서 졸도한 좀도둑 같은, 뜬눈이 지키는 세월이다
목련화야 내 생애 단 한번만이라도
그대 발밑에 잠들고 싶어
남들이 다 쓰레기로 버린 사랑이라는 말
꽃잎으로 베고 누워 꿈결처럼 뒹굴래
허공이 왜 또 허공인지
말이 가 닿아야 할 하늘이 낮달로 뒤집어지고
길은 길 위에서 잘려 막 바로 절벽을 이루고
말은 말끝에서 잘려 뜬금없는 새소리로 차올라야
천지간에 남은 것은 이제 빛뿐이라서
얼마나 간이 커야 좀도둑이 되는 것이냐
길거리에서 손을 덜덜 떨며 훔친 것은
그대 어깨 위에 떨어진 머리칼 한 올
풀린 머릿결이 선율처럼 천상으로 가는 도중이, 아마 공중
이었지

바람이 분다, 한 바퀴만 더 돌고 갈래

쪽박 위에서 또 내일을

떠도는 말 있지, 눈을 아예 감아버린 자들이 삶의 끝을 보고
또 창공을 보았다고

부리로는 안 돼, 붓으로 지우듯 창살을 헤치고
새장에서 곧 벗어나오라
더 큰 감옥이 기다리고 있을 테니
이 자유라는 책임은 결박이 된 지 이미 오래
절대자가 허락한 건, 만상을 그려도 좋다는 그것뿐인데
깃발부터 세우더니, 명예와 예의 미래까지 그리려다
국가라는 틀 속에 갇혀, 우리 모두는 새 됐다
금박 물린 새, 꽁지 빠진 새
그 처지에서도
눈멀고 귀가 먼 새가 아름다운 노래를 들을 수 있는 건
천년을 흐르고도 멈추지 않는 강
강물을 단숨에 날아 건너지 않고 다박다박 걷는 제 발소
리겠지
그런데도 물결이 너무 빨라
앞이 막히면 물이 범람하고 배가 산으로 가

깨진 쪽박, 초승달로 뒤집혀 뜨고 말걸

어서 벗어나오라, 말씀의 첫 장을 읽어야 뒷장을 치러내듯
들어나 봤어, 물감이 다 떨어진 화가가 다음 세상을 그린
다는 말을

신세계

두 눈을 제 손가락으로 푹 찔렀을 때, 느낌으로 오긴 와
온몸의 힘줄이 실밥처럼 툭툭 터지고
심장은 밀가루 반죽처럼 두루뭉술 뭉쳐져
백만 번 눈꺼풀을 깜박거리다
제 눈을 다시 찔러 뽑아낸 눈깔사탕 같은 것이

오늘의 내 태양이다

누군가는 눈이 먼 사랑이라고도 했다
그래 신성이야, 그늘과 그림자는 늘 곁에 서성거리면서도
위로 뜨진 않아 낮게 더 낮게 함께 간다
회유와 협박도 없이
제 눈을 두 손가락으로 찔러야 비로소 보이는 암흑천지를
우리는 이제 신세계라 불러도 좋을 것 같아

　백장미는 그 지점에서만 핀다, 어둠처럼 너무너무 공정한
나라

역무원

기차는 가고, 또 오고
쭉쭉 뻗어나간 레일을 바라보며 손수건을 흔들던
열일곱 내 청춘이 증기기관차처럼 칙칙폭폭 다그쳐 가기를
넓은 들은 더 넓게, 높은 하늘은 더 높게
해 뜨고 비 내리는 벌판에서 빛과 비의 혼례를 갈망했다
어서 커서 역무원이 되어야지
기차는 오고, 또 가고
끌어주고 밀어주는 생은 바퀴라는 것
엿가락처럼 흐물흐물 늘어진 레일 위로 찐득찐득 기차는
가고
또 오고, 간이역의 늙수그레한 역장처럼 빈손을 흔들고 흔
들다
기차는 길어도 일생에 딱 한사람만 보내는 것이라
눈 샘이 깊은 네, 큼지막한 두 눈을 마지막으로 실었을 뿐
인데
참새 떼들이 시끄럽게 떠들어대는 저거, 적막이다

아니다, 너무너무 황홀한 황혼 한 그루다

안개 뒷문

날이 흐리다, 서면 한복판에 우뚝 솟은 롯데호텔과 백화점이

안개 기둥이라는 사실에 대해 별반 신경 쓰지 않는 눈치들이다

대낮부터 붐비던 거리, 저녁에는 포장마차 불빛들로 웅성거리는

뒷골목, 근로자 차림의 사내들이 삼삼오오 몰려와선

직업이나 급료에 대한 불만도

한 잔 술이면 다 녹는다, 녹지 않아도 녹는 체 다 젖는다

되겠나, 됐다

몇 잔 마시면 저 거대한 자본도 시야에서 밀가루처럼 사라지고 만다

앞문을 통과하지 못한다면 뒷문 근처에서

고등어구이를 시키고 마시는 것보다, 부어 넣는 게 술맛 난다

자 잔을 높이 들고 녹고, 젖고, 잊고

나 삼박자를 두루 갖추고 삼박자 리듬을 타는 부산 사나이야

잊고, 젖고, 녹고,

어느 집 가장들인지 녹신한 뼈마디를 겨우 간추려 일어서는

저들은 지금 사람이 아니고, 필시 유령일 거야

안개 속에선

사방팔방이 다 정면이고 정문이라고 내가 몇 번이나 말했잖아, 그 참

그곳에 사랑이 살았다

먼 곳에 있지 않았다
목청껏 부르고 싶은 사람은 늘 등 뒤에 있듯이

갈았다 엎었다
죽을 둥 살 둥 씨를 뿌리고 가꾸었다

양푼 밥에 비빈 시디신 김치 쪼가리 하나
나팔처럼 트림을 불고 돌아서면

새소리에 젖는 가랑비
외딴 오막살이

사랑이 살던 그 집의 울타리는 일생을 돌고 도는 강물이
라서

주물럭주물럭 오늘 하루를 빨고 또 빨아대는
나는 지금 빨래판보다 깊은 주름의 계절이다

반풍수

맨 밑바닥은 기슭조차 허락지 않고, 목이 타는 이 갈증
그런데 저긴 높디높다
새야, 저 넓은 강을 단숨에 건넜단 말이지
뽕나무 잎에 누에가 언젠가는 문장처럼 실실 뽑아낼, 실
그 실이 닿지 않는 곳으로 가고 싶어
해와 달이 부둥켜안고 운다는 미지의 세계를 향해
찌그러진 구두 뒤축에서만 피던 너나 나나
삼류가 삼류를 치던 전통을 굳게 믿고
문법과 문맥이 따라오지 못할 스스로의
무덤을 읽을 줄만 알면 이미 완성인 것이다
부디 높고 푸른 정신은 외치지 말아라
봉분은커녕 옆구리조차 용서치 않을 초개의 자리
그 너머너머엔
용오름, 아니 용수철처럼 실실 실안개가 피어오른다지
너덜너덜한 지리지를 읽다 후후 불어 날려 보낸 책장이

그 사이, 또 새의 힘찬 날개로 돋을 줄 모르더라도, 휘이야
훨훨

익명의 계절

정파의 선거홍보전단지처럼 펼쳐진 호박잎, 잎맥이 분연
하다
누추하지만, 나비야 내 방에 오려무나
제 몸의 피돌기가 멈춰져, 무릉도원에서 쫓겨난 태양의
또 다른 발광체라고, 흉보진 않을 테니 제발 놀러나 좀 오렴
비록 13평 임대아파트라도
샤워기 물은 폭포처럼 펑펑 쏟아져
찜질보다 더 뜨겁게 혼욕이나 즐겨보자
정돈을 넘어선 혼돈도 질서와 같은 방향일 때
세상은 늘 밖에만 갇혀져 있고
세월은 뭉게구름처럼 뭉그적뭉그적 흘러가는데
저 묵은 피 생피처럼 다시 돌게 하려면
우둘투둘 닭살이 드러나는 닭도, 날개가 있다
쩌렁쩌렁한 거울을 보며 날개나 한껏 빨아 털어보자꾸나
닭과 나비, 그리고 전단
산뜻한 인텔리의 사랑놀이보다
흐느적거리는 기층민들의 불륜이 더욱 애틋한 것은,
극우나 극좌나 정서의 수탈을 정치의 기본맥락으로 깔아선

일단 축축하게 젖어 있으면 된다
바깥에 비좁게 갇힌 너
안에서 무턱대고 열린 나
반절은 실실 울고 나머진 털털 웃으면 되는, 이 익명의 계절
나비야 나비 모처럼 내 집에 올 때는
벽에 붙은 색 바랜 사진처럼 그렇게 오지는 말고

열락인지 지옥인지 도대체 모를, 수증기 자욱한 화장실로
먼저 오라

제 2 부

미사일 쏘는 여자

다 늦어 만난 여자 친구는 말을 진짜로 미사일 쏘듯 쏜다

또 막걸리 먹었지예, 담배 물고 비틀비틀 화장실 갔다 오는데
천 리는 되는 것 같고요
만주 벌판을 헤매던 독립투사들이 떨어뜨린 성냥불 하나가
온 광야를 태운다는 말도 못 들어봤능교
천 리와 만 리가 왜 다른지는 알지예
반듯한 출판사에서 시집도 못 내보고 흰머리는 갈대처럼
날리니
남달리 이해를 좀 해보려 해도, 도가 지나쳐
이승엽이가 홈런을 치면 왜 미쳐서 뒹구능교
남자라면 값을 하고 한순간이라도 임팩트가 있어야지
긴 이별은, 짧은 통화로 이루어지려는가 보다

더 좋은 그림을 그리려 불가마 속으로 뛰어들던 오언 장
승업도 아니고
시는 죽어서 쓰는 것이지, 살아서는 무엇을 쓴다 마이소,
끊소

접속

순간에서 순간으로 건너뛴 것이 영원이라는 개척지가 아
닐까
먼 들녘에 메뚜기는 누런 이삭과 이삭 사이를 뛰고 또 뛸 때
해운대 앞바다 이안류를 따라 그만 가고 싶다던 내 어머닌
요양병원에 벌써 오 년째, 감은 듯 뜬 듯 실눈을 뜨고
시인 노릇보다 사람 구실이 먼저다
다시 일침을 놓는 어머니 구십 인생을 잠시 둘러보면
파란만장 일색이어서 대처보다 그 자리를 외면하려
급급하게 건너뛰고 또 건너뛰던 게 버릇이 되어선,
요즘 한창 주가를 올리고 있는 젊은 시인 녀석이
샘께서 발표한 시를 가끔 읽다 보면
꼭 한 줄씩 어디론가 갑자기 사라진 것만 같아요, 헤헤
지루해서야, 산다는 게 팍팍해서야
그랬었다, 동래역에서 이제 집으로 가는 전철을 환승하려면
삼백오 미터나 되는 동굴을 층계를 밟기도 하고
에스컬레이터를 타기도 하면서
지하에서 지상으로 올라가고, 지상에서 지하로 내려오면서
교차되는 지점에선 그 누구도 웃지 않는다

삶이라는 수습은 벌써 끝났지 않았느냐는 표정으로

미라처럼 모두가 차분할 따름이다, 삶과 죽음이라는
교통 쪽에서 본다면, 아무래도 덜 마른 순간과 순간이 영
원이려니

드디어 의자엔 앉을 것이 앉았다

 반칙이야, 청춘은 나도 모르게 한발 앞서갔으니 부지런히
따라잡아야겠다

 인간이 만든 것 중에 젤 높은 것이 밥그릇, 그다음이 부족
을 다스리던 의자라는 사실을 깜빡 까먹고 치맥을 시켜 먹
으며 왁자하게 떠들며 한 떼의 대학생들이 뒷발질로 차낸
의자가 불빛 속에 무참하게 뒹굴고 있다

 총아는 올 것인가, 오곡백과 통통 여문 황금벌판을 부드
러운 바람처럼 우리들의 세상을 이끌어갈 총아는 지금 어느
도서관에서 아이스크림을 횃불처럼 들고 근현대사를 뒤적
거리고 있는지 몰라도

 군부가 밀려난 의자엔 투사들이 앉고, 국가를 위하는 척
결국은 자신의 입지를 굳히려 진흙탕 개싸움을 마다않는 수
구꼴통이나 진보짝퉁의 끝은 왜 국회 아니면 청와대냐고

 사람과 사랑, 시대 또한 맺히는 것이 있어야 보낼 수 있었다

몇 개의 정권이 바뀌고, 역사는 종이 한 장 집어 넘기다 페이지를 접어두고 마는 것이라 해도, 너 빨간색 좋아하지! 책상을 사이에 두고 의자와 의자가 마주 앉아 줄줄이 빨갱이로 엮어볼 물고문을 하고 갸웃갸웃 진술을 하던 웃지 못할 촌극들이 있었다, 물론 정권의 하수인과 운동권의 앞잡이로 나뉜 풍선대가리들이겠다만

　풍선은 졸린 목이 풀리면 바로 죽는다
　고문과 핍박이 무엇인가 모두가 분명하게 깨달았으니

　이제 소통이 아니면 고통이라도 주셔야지, 불통에 불통 새마을운동보다 더욱 발전적인 숨쉬기 운동을 거국적으로 전개하시고 이내 목마를 타고 떠날 여왕의 무표정을 언제까지 기억해야 되나요

　불통이 앞에 있어 우리는 분통을 터트리며 펄떡펄떡 살아갈 수 있으므로 그까짓 청춘과 회억쯤이야 어디서 장승처럼

날 기다리고 있는지 몰라도, 은물결 금물결 출렁이는 밤 바닷가에 의자가 의자 위에 걸터앉아 *끄덕끄덕* 졸고 있는 것만 보아도, 나름대로 감사해요

해는 또 정오에 지네

뜬눈이 껍질을 만든다, 저 얇디얇은 하늘 한 겹을 벗겨내면
대체 무엇이 나올까, 양파향기가 그랬던 것처럼
파랗게 물든 유목민 아이의 눈빛만큼 맑은 출렁거림이
또 어디 있었을까
여행은, 정작 가보지 못한 낯선 곳에서의 추억이라거나
풍경의 상처라든가
상식이 따라가기 싫은 번지르르한 말 껍데기들보다야
모두다 하늘 바라고 눈을 뜨면
눈동자가 금방 녹아내릴 것같이, 눈부셔 눈이 부셔서

해는 또 정오에 지고 마네

밝음보다 넓고 깊고 아득한 것이, 어둠이라
한낮의 태양을 다 담아낸 아이의 아리한 눈꺼풀과
서로를 그윽하게 바라보며
이라크 국경에서 양털을 깎던 부부의 눈빛
아무리 긴 이동이라도, 목적지는 언제 어디서나 가족들 등
뒤에 둔다

가자, 가자행 열차는 붉은 노을에 맞춰 떠나네

만약 대륙 간 횡단열차를 타게 된다면, 만장일치 박수부
대 공화국
북한 땅을 기웃거리다, 중국본토를 놀놀하게 지나 터키
이스탄불까진 다음에 가고
앙카라 재래시장에 잠시 들러 붉고 둥근 카펫 하나 사서
여섯 살에 전쟁을 벌써 세 번이나 치렀다는 소녀에게 갖다
주어야지
가자지구에선 어린아이까지 포탄에 맞아죽는, 저 지랄발광
신은 죽은 게 아니라 태초에부터 없었던 거다, 이스라엘
쏘고 받고, 받고 쏘고, 피의 성찬 속에
정신 번쩍 들게 피륙이 터져 비명이라도 지르는 것도 괜찮
은 거야
이 땅, 복지사각에선 착화탄 피워놓고 아무 말도 없이 가
는 사람 많아
기다려라 여섯 살짜리야, 평화와 공존 그런 건 붕대빛깔
무지개일 뿐
한쪽에선 무기를 거래하고 또 한쪽 좌판에서 샴푸와 린스
를 파는

뒤죽박죽이 세상이란다

    —한 처녀가 붉은 양탄자 위에서 인어처럼 긴 머릴 빗고
있네

사진 한 장 찍어 줄 때까지, 조금만 더 기다려

가자행 열차는 지는 노을에 맞춰, 텅텅 빈 채로 떠나고 또
떠나는 것이네

사막에서 종이 울릴 때

불기둥, 1984년 원유 냄새가 코를 찌르고
낙타 외엔 넘나들 것도 없는 아라비아
돈 자랑 하듯 학교와 교회 농구장
수비대 막사를 겹겹으로 짓는 작업현장에서
식당까진 약 이백오십 미터
점심시간 종이 울리기를 기다려
국제경기는 아니나, 파키스탄 스리랑카 태국 용역들 합쳐
이천 명 가까운 근로자들이 군마처럼 먼지를 날리며 냅다
뛸 때
처음으로 일등을 했었다
남들보다 살금살금 대여섯 발 몰래 나가긴 나갔으나
섭씨 오십 도 훨씬 넘는 고열 속
선두 식탁은 흰 어둠뿐이었다
두 눈이 마침 그때 빠져나간 것 같았으므로, 밥
밥은 악착같이 먹고, 일은 건성건성

그랬다, 염치보다 그 시시껄렁한 젊음조차 다신 오지 않는다

방은, 방밖에 짓지 못한다

핏줄이라고 있지, 우리 몸속의 여러 정거장을 거쳐
소 울음소리 길게 들리는 오일장이 펼쳐진 소읍에 내려
흑인병사들이 드문드문 보이지만
한눈 팔 새 없이, 버스로 갈아타고 지평선 끝으로
가다가 가다 보면 바닷가 외딴집
누군가는 본래 핏물을 만드는 공장이라고도 하고

심장이라고도 하지만

나는 가슴이라고 불러
노을은 시뻘겋게 불타오르면서도 젖고 또 젖고
파도소리 따라 방문의 문고리를 살짝 잡으면
이제 오세요
한마디를 남기고 스르륵 무너지는 화석 같은 여인이 있을
까 봐
두근두근 벌렁벌렁
방은 방밖에 짓지 못해, 일평생을 혼자 방 방 떠도네

비

야야 내 말 좀 들어봐야
흰 종이를 비켜 들었을 때 빗방울보다 빗금이 스치면
실낱조차 꿈쩍도 하지 않을 것이다
바람이 분다, 그럼 그때 바람을 불어 넣어라
후후 불어도 종이가 뜨지 않는다면, 침을 뱉아라
그래도 뜨지 않는다면, 우걱우걱 씹어 삼켜라
그것이, 우리가 책장을 넘길 때마다
한 장 한 장 침을 발라 넘겨야 했던 버릇이겠다만
더 깊은 것
오장육부 중에서 공중에 두둥실 뜨는 풍선 아니라
피가 바싹 말라붙은 심장도 비를 좀 맞혀야 쓰겠다
빗금이, 그림이냐 비냐
그건 나중에 빈 종이에 묻기로 하고

왜 시를 붙들고 살아, 놓아줘야 시가 되지

소통이 되고 소풍이 돼야 한 줄이라도 읽지
봄이 오면 들판에 자운영 꽃피고, 소는 느리게 울고

코끝을 스쳐 가는 그 아련한 향기가 시 아니냐
오천만 인구 중에 시인이 오천 명
왜 너까지 나서서 설쳐
고향 친구의 전화는 길었다
이제 글자 하나 없는 백지화가 곧 시의 나눔이 된다네

너 엿 먹었어, 술 퍼 먹었어

야야 여긴 지금 비 와
그런데 빗금이 그림이냐 시냐
그것이 문제로구나, 어디선가 말갛게 씻은 얼굴 고운 해야

투혼

가만히 기울여 보면 어둠도 하얀 종이라
　—너에게 밥을 먹이고 싶네 / 내 뜨끈뜨끈한 혈관으로
덥힌 밥 한 그릇*

地, 天, 命, 을 아울러 다시 생성되는 몸체의 설화
바리연가를 꺼내 읽는 시간은, 꽁꽁 숨어 한낮인데
켜 논 촛불 아니고, 티브이가 박치기로 들어와 맞받고 보니
배 째라는 것이냐
진도 앞바다에 저 놈의 배 뒤집어지는 꼬락서니를 봐라
고통과 애통
가족들 창자 끊어지는 소리는 놔두고라도
온 국민들 심장 속에 여객선은 침착하게 가라앉고 있다

새끼들아, 어른들이 부르면 못 이기는 척 밥때는 맞춰 돌
아와야지

속도가 맞질 않았어, 도대체 개발과 성장의 엇박자가 나선,
거품을 뺀 튀는 피끼리 새로운 세계와 싸워볼 겨를도 없이

기계에 톱니처럼 잠깐 물려 살다 등에 맨 가방 내려놓을 사이도 없이

다 함께 갔는가, 거기가 어디라고

대체 그곳이 어디라고 켜, 켜, 켜,

어쩌다 들어선 여성 대통령 몰아내자는 그런 쩨쩨한 촛불 아니라

촛농에 눈이 하얗게 익어버리도록 대오와 각성의 촛불을 높이 들자

지, 천, 명, 몸체를 당당하게 세울 신화소를 찾아서

우리 이젠 정말로 천천히 가자

신나게, 신난다는 건 속도와 박자가 맞는다는 말이다

슬그머니 뒤집어보는 하얀 종이도 사실은 진흙의 넋이려니, 바리 바리

* 강은교, 「너에게」, 『바리연가』

맨입

빈 들에 축 처진 허수아비의 어깨까지가, 우리네 삶의

한 소절이라 하고, 꽃은 피고 새는 울고

빗소리, 바람소리, 물소리, 바위 굴러가던 소리가

두 소절이라면

눈보라는 바닥에 닿을 때까진 같은 방향이라도 몸 섞질

않듯이

하늘과 땅이 마주치는 소리

길과 길이 만나 장을 이루는 소리

우리가 우리를 부르던 소리, 어느 대목에서

노래는 탄생했을까, 음의 높낮이는 달라도 합창이라 하고

제 눈물이 제 발등을 다 태우더라도

나무처럼, 나무들은 주렁주렁 열매를 달고 뿌릴 흔드네

다만, 멀리 가는 가로수들은 열매 맺을 틈이 없어

해와 달을 열매로 따 던진다네

그대와 나

별똥별을 아작아작 씹으며 넘을 산, 빈 것들의 빈 산이 가

까이 있겠네

세 소절로 어서 가세, 헛헛한 가슴과 맨입이면 너무 충
분한

장미 패

머리 검은 짐승은 거두는 게 아냐
이 말 한마딜 못 듣고서도
백발장미처럼 고분고분 늙어 여태 살아 있었네
옆에 흑장미는 피었던가, 피다 말았던가
이승의 사랑은, 죽기가 두려워 벌벌 떨며 서로 찌르는 가
시의 장난
모든 방향은 무조건 추억 쪽으로 틀어야 좀 더 오래 버틴다
갔니
다 갔니, 이제 그만 서둘러 돌아와
그곳은 물 한 모금 먹고 하늘 한 번 쳐다보는
희고 검은 햇병아리들이 섞여 노는 영생원
지평선 끝 마을이야
속도 모르고 오늘도 공중에 방긋 떠오른 붉은 태양

사실 저것이 우리 패거리 왕초거든

위치의 위기

짧게 그러나 굵게

벌레 먹었어도 끝까지 자태를 보라고
온몸을 비비 트는 널 바라보는

나는 높은 것만 찾아 헤매다 길도 잃고 턱도 잃은 방랑자

서로의 위치와 처지는 비슷할 것 같아서
한마디 던졌지
의리를 전혀 모르는군!
급할 땐, 쓰레기더미에서도 장미는 피어나야 맞거든
혼자만 튀려 하지 말고
팀, 전체 분위기를 살려

역시, 정처 없었네

미행

눈부시게 쏟아지는 땡볕과 땡볕 사이 열정의 길이 있다면
탱자나무 열매 위 탱자나무 잎맥 같은 반듯한 길이 있다면
오늘날까지 동행을 마다 않는 내 그림자와 함께
가보고 싶어, 이 땅을 살아가는 모습들 중에서 그림자와
그늘이 다른 까닭은
꼼짝없이 제자리를 지킨다는 것이 그늘의 몫인데
타도하자 독재와 재벌, 돼지 껍데기를 시켜 먹던
허름한 선술집에서도 그늘은 침침한 형광등으로나마 빛나
우리나라엔 대체 운동과 혁명들이 그리 많은지
독립운동부터, 산업화혁명, 노동귀족이 되는 노조활동
삼십 년이면 세대가 바뀌는 것도 모르고
노동자와 학생들이 민주화 투쟁을 하다 줄 잘 서면, 국회
로도 가
그 음흉한 연애와 야망까지를 걸고 길길이 뛰던 투사들은
한 번이라도 제 그림자를 시켜 스스로를 미행해 보았나
그것이다, 그림자들이 이내 쉴 무덤처럼, 그늘은 그들을
기다린다

도마 앞의 생

내 혼자 사는 칼잡이로, 너를 다시 벨 수밖에 없다
무야
생채나 깍두기로
또각또각 착착
도마가 한사코 칼을 뱉어내던 소리, 그것이
죽는 날까지 이빨을 갈아야 할 이유겠다만
기우뚱, 광안리 앞바다 수평선은 기울어지더라도
생은, 자세 한 번 흐트러뜨리지 않고 반듯한
도마만 같아라, 제발
도마를 타자
사랑과 그 잘난 명예까지도
또각또각 착착
그런데 나, 아무래도 여기서 너무 나간 것 같다

언제쯤일까, 구름은 깍두기처럼 뜨고 생채 같은 비 내리는 날

그 끝없이 청춘을 스쳐지나간 꽃잎들

살아 있다, 와 사라진다, 사이엔
벚꽃이 피고 있었네
저리 가면 전주요
이리 가면 이리요
놀다 가도 논산훈련소요
우르르 버스 뒤 흙먼지를 따라가면 운주요
전라북도 완주군 삼례읍 우체국 사거리
담벼락에 붙어 섰던 내 비닐우산엔
왜 그리 꽃비가 내려 쌓이던지
벚꽃이 피다, 와 지다 사이엔
청춘을 끝없이 스쳐 지나간 꽃잎들

월남전이 계속되고 수출한 군인들 생피 덕분에
군사정부는 날로 튼튼해져 갔네

매료

감옥이 없는 자유 없다 듯이
하늘과 땅 사이에 사람들이 있어
오래오래 어깨 껴안고 살고 싶다
프로야구 경기에서도 포물선을 그으며
담장 밖으로 날아간 홈런에 환호하잖니
넓게 더 넓게 살아야 한다
바람과 공기와
우리 나누며 사는 숨, 그리고 비린내
태초에 비린내는 사람이 만들었다
신을 처음으로 이긴 순간이다
따지고 보면 계율보다 비린내에서 시작하는 사랑이
더 간절하고 애틋하듯이
어디까지나 주먹구구
목전에 없는 그댈 또 목젖을 뒤집어 까부르며 한 번에 못
죽고
평생을 나눠 죽어야 할 정염

혼자라는 말은 이렇게 넓게 타는 것이다

쇳물바다

바다는 나를 수평선 밖으로 한번 불러내긴 냈으나
이빨과 이빨이 부딪히는 난간뿐이었네
부글부글 끓는 물, 바다는 쇳물만 같아서
불티처럼 나는 바닷새 몇 마리 훔쳐보다
얼른 보따리 싸 돌아오고 말았지만
얼마 전 베링해에서 침몰한 오룡호 선장의 말 한마디가
선원수첩을 쥐어보았던 지난날을 한없이 부끄럽게 한다
　─형님께 하직인사는 해야죠, 저는 이 배와 끝까지 함께
갑니다

갑판도 못 되는 시를 쓰는 이 개판
선단도 아닌 시단이라는 배는 침몰조차 못 하는가
선원은 한 명도 보이지 않고, 모두가 부나비 떼처럼 날아올라
고물에 무릎 꿇고 혹 명상이라던가, 이념무상이라던가
백 년을 두고 우려먹을 뻥뻥 뚫린 댓글 하나
그물로 건지지도 못하고 황급히 돌아왔었네
역시 선장이 없어야 신이 나는 오합지졸들, 아 아나르키아*

* 아나르키아-선장이 없는 선원의 무리

황사, 미세먼지에 대한 재확인

꽃이 피었다 지질 않으면 누가 미쳤다고 꽃이라 부를까
꽃은 필 때보다 질 때가 더 아름다워
강물에 떨어진 꽃잎은 물결이라는 음률에 따라
먼 바다 그 뒤에 펼쳐질 또 다른 계절의 기슭기로 가지
은박지에 싼 껌을 막 벗겨 어금니로 깨물기 전에
우리가 깜빡깜빡 눈에 넣어 씹은 것은 서녘하늘에 뜬구름
이 아니라
모래 먼지였네
결정적인 순간에 침을 삼키며 사르르 눈을 감던 여자처럼,
잔물 다 빠진 백사장에 이는 바람처럼,
사람이나 꽃이나, 언제 어디선가 먼지와 먼지로 다시 만나리
꽃가루나 뼛가루로
하루 피고 하루 쉬는 막노동자 임금을 쥐고도
청청한 눈빛을 이끌어내던, 꽃이나 사람이나
떨어지는 족족 뒹군다고 흉볼 건 없다
꽃잎, 소용돌이에 빠져 빙글빙글 돌아도
그냥 음반이라고 들으면 돼, 강아지 눈빛으로 바뀌는 청
아한 망막들

新 공무도하가

여름, 아무 일도 저지르지 않았는데 스리슬쩍 또 여름이
와서
아우라지 강물 속에 송사리는 떼춤을 추고
개구리는 부얼부얼 알을 깐다, 이번 여름 지나 가을까지
비와 빛이 동아줄처럼 엮여, 장마를 이룰지 몰라도
님아 님아
범람한다고 다 사랑이었겠는가
자갈이 훤히 드러나는 바닥이 그리움의 다른 대책이라서
뜨뜻미지근한 이 강물로도 대단히 만족하였다
젊으나 젊은 시절 만병통치 유행병처럼 돌던 민주투쟁의
대열에도
끼지 못했고, 허름한 대폿집에서 헛나발만 불었다고 해서
시민이 아니랄 까닭은 찾지 못했다
속은 텅텅 비었어도 탐스런 공갈빵이 한참 맛있어 보이듯이
사랑도 정치도 공갈이 아니면 부풀어 오를 데가 있기나
있었을까
님아 님아 아소 님아
이 강물 다 건넜다고 뒷발로 물 걷어차지 마소

겨울이 오면 살짝 언 얼음장 밑에 잔자갈들이

　은하수로 흐를지 누가 아나, 바닥과

　허공이 딴살림이랄 걱정은 없었다, 털목도리만 같았던 내
사랑아

가끔은, 보름달도 기러기 떼에 포위될 때가 있구나

사선에서 사선으로 이동하는 저격수의 시선으로 보자면
비린 기쁨과 거뜬한 슬픔에도 필시 중앙이 있을 것
그것을 타깃이라 하지 않고 가슴앓이라 하는데
심심하고 나른하고 무사 안일한 이 변방에선
무엇이 무덤인지, 무덤덤 무덤덤
해는 도대체 떨어질 때 떨어질 줄을 모르고
하루가 너무 길어
새들이 자진해서 포로가 된 수용소, 노을 속으로 가
저녁엔 풀잎을 굶고
새벽엔 이슬을 굶고
점심나절엔 바람을 굶고 굶어
다시 깊은 밤엔 어둠을 살라먹고 공중부양을 하리라
얼마나 굶고 굶었는지
겉 배불러 환하게 뜬 보름달이 기러기 떼에
생포가 될 때도 있구나
저격수는 운신조차 못하는 달을 향해 방아쇠를 당기진 않
는다

74

항명

실연의 신열, 희미해질수록 지워지지 않는 애증의 그림자와
낙서들이 도란도란 모여 사는 저 축축한 담벼락에 대고
더 이상 보낼 것이 없어야 노래인 줄 알았을 땐
우울은 깊어야 빨리 낫는다,
머리털 감듯 둘둘 말아 햇빛 쨍쨍한 날
세탁기 속에 넣어 영혼도 빨아 털털 털어버릴 수 있다면

곧 교수대에 매달릴 아무리 추한 악당이라도
보고 싶은 사람 하나는 있었다는 듯이

세척, 세척, 세탁소 옆 공터에 긴 목줄기로 서 있는
해바라기를 타고 느릿느릿 기어올라
치인 칭 감고 도는 나팔꽃처럼
맨 꼭대기에서 입 한번 살짝 맞추고 말라가리라

아니, 투명한 유리잔 속에 나팔 꽃씨로 까마득히 잊혀지
리라

부름 / 한쪽 눈에서만 흐르는 눈물

나도 모르게 흐르고 또 흘리는 눈물과 눈물 가운데, 높이
태백산맥과 같은 콧등이 있어서
저편에서 누가 우나
이편에서 눈치를 보아야 할 형편은 아니더라도
부디 부름에 시간은 맞춰줘야지
눈물 콧물 침 질질 흘리며, 한발 앞서간 등줄기가 안타까워
잠자리는 온몸이 온통 눈망울인 채로
헬기처럼 준령을 타고 넘었을 것인데
사실 눈물이란 게 불타지 못한다면, 어디서 또 샘을 찾겠니
허구한 날 높지도 않은 콧등에 가려
오른쪽 눈이 보이질 않아 왼쪽 눈을 찔끔 감고 마는
기초생활 수급을 받는 나같이 한심한 민생들아
전신경계가 떨리도록 울음과 눈물에 박자는 맞춰주자
한쪽 눈에서만 구르는 눈물, 누가 부르는 부름인지 몰라
도, 어이

파란 대문

가버린 것들은 다만 돌아오지 않을 뿐이다
길가에 콩 팥도, 콩 날 때 콩 나고 팥 날 때 팥 나던 것을
해지고 구멍 난 런닝구 같은 마음이 벗겨지질 않아
시방 이 몸통 밀룽밀룽 흔들어 어느 난전에나 가 닿겠는가
구르고 기어서 구례 화엄사 문턱까지 왔을 때는
누구에겐가 펼쳐 보이려다 금방 덮고 싶은 욕망이란 그
보따리
땅에서 주워 든 것은 땅에 돌려주고
허공에서 잡아 든 건 허공에 돌려주라고
대나무는 속을 다 비우고 저리 곧추섰다
장대비 한 울음을 소록소록 껴안아 받는 것을

사람아 그대 흘러가 돌아오지 않을 뿐이라도
지리산 계곡 물을 받아 돌리던 바위도
물의 숨을 골라주려고 파란 이끼를 저토록 오래 품었다
천년에 한 번 만난 꽃잎도 그다음 천년에 두어 피어나라고
멀리멀리 띄워 보냈을 것이다

두 팔이 여섯 시에 흘러갔네

하루를 오물조물 빨아대다 보면
부글부글 거품이 이는
손에 꼭 쥔 손수건이나
발로 밟는 모포이거나
그 넓이는 같은 것이
내일을 얻기 위해
어제까지를 빨랫감으로 널어버리고도
훅, 코끝이 가려워 오기는 마찬가지여서
온몸이 근질근질하였다
멀어질수록 가까운가!
훅, 다시 숨이 막혀
빨랫줄에 널린 것이 다 눈이 부신 것은
두 팔이 허공으로 허적허적 흘러간 뒤의 일이라
비누향기라는 이름으로
오늘은 두 장의 노을이 펄럭인다
조금은 빠르고 또 느리게

제 3 부

피막

대권 반열에 오른 정치인과
복지지원 신청을 한 변두리 예술인이
스스럼없는 소통이 가능하다면
어디 피를 한번 바꿔봐라
양쪽 침대에 누워 피 바꾸기를 하려 해도
잠이 달라
정치인은 십자가의 자세를 취하고 자고
예술인은 억지로 뺀 못처럼 구부리고 자
딱 하나 통하는 것은
저만 알아달라는 오만과 편집

중간에서 링거가 터져 피가 바닥에 흥건할 땐

폭포도, 거꾸로 치솟아오를 줄 알아야
우리 잠시 쉬는 서늘한 피막이 되리

금빛 미륵의 세계

하늘 금빛 물고기가 내려와 노닐던 곳 천년의 고찰 범어사
전동차 문 위에 한 줄 안내문구가 눈에 들어온다
금샘이 있고 연꽃연못도 있나 본데
사람이 물고기보다 못한 이런 처사가 다 있다
일회용밴드 묶음을 천 원에 파는 얼굴색 누런 오십 대 남
자가
보안요원들에게 그만 제지를 당한다
   ─잡상인은 나가주세요
   ─뭐 잡, 산다는 그 본디가 잡인데, 뭐가 또 잡이고 놓으소
먼 하늘에서 왔다는 물고기는 놀다 가도 되고
생계를 위해 오늘을 사는 잡상인은 쫓겨 나가야 한다
생은 일회용반창고나 다를 바 없을 것인데
천년고찰의 쓸모는 어디에 있고, 시는 무엇에 소용 닿겠는가
빨랫줄 구석으로 오래 밀린 빨래처럼 생활은 구겨져도
끝까지 시냐, 내 할 일을 젖혀두듯이 전동차 연산역을 막
지난다

질문자에겐 가까이 가지 않기

통도사 어느 암자 가는 숲길에 동동주와 도토리묵을 파는
노인네 둘에게 스님 한 분이 포위되었다
손님이 없으니, 시님께서 한 잔 하고 가이소
어디 먼 길 다녀오시는 모양이지예
집에선, 왜 떠나고
길에선, 무엇을 멈춰서야 하는지
십리 백리 그리고 천리 허 허공 다음이 또 수렁이라예
해도 달도 그곳에서 또 떠오른다고 하고

선방에 올라가도 똑바른 학승 없습더, 다 졸다 깨다 하지예
……
깨달음도 없으면서 설법을 길게 하는 땡중이 있고요
한 마디를 못 푼 미생들은, 끝까지 암묵하면서
어디서 와서 어디로 가느냐! 묻는 부처에겐
되도록 가까이 가지 않아야 삽니더
한 잔 하이소, 동동주 십 년 팔다 보니 주변을 달달 외운
다 카이

귀곡사*

내 귓가엔 두 개의 하늘을 인 절이 한 채 언뜻 스치네
본 적도 없는 불국의 새 극락조보다야
늘 눈으로 보고 듣는 한주먹도 안 되는 조막만 한 것들이
처마 밑에 둥지를 틀고
먹이를 물어다 주는 어미를 기다리는, 샛노란 주둥이
저 새끼들을 위해서라면 부처도 법당에서 내쫓겠다
주지스님은 너무 좋아라, 박수를 치고
산과 들엔 오곡백과 무르익고
바쁘게 땀 흘린 노을 무렵
어서 들어오세요
긴 그림자로 찾아온 동쪽손님들과 줄넘기 놀이를 할 땐
수평선은 덩달아 넘실넘실
가시리
오시리
두 마디만 있어도 충분히 소통할 수 있는
두 개의 하늘
동서의 만남을 본 딴 남북이 고무줄뛰기로 어서 나오기를
줄은 줄끼리 팽팽하게 당겨진 가로 세로의, 정점

84

그곳에 연꽃 핀 연못이 있다고
제비는 곧 새끼들을 데리고 솟아올라, 쩍쩍 쩍쩍
지금 귀신 씨나락 까먹는 소리 같아도
우리, 우리가 두 번은 살고 난 뒤의 삼세상이 얼핏 들리는
것 같네

* 귀곡사―어디엔가 곧 생길 법한 작은 암자

한림 兄

　형은 말이야, 명색이 한국화를 한다면서 소를 그려 싸구려 모텔 방방마다 납품을 하고 소 다리는 땅심이 솟는 아지랑이 속에 기꺼이 묻어 두었다, 혼은 팔아도 다리까진 끝까지 팔지 않았다 사기나 치고 쯧쯧!

　쎄이 이 아우야 모시와 삼베는 바람으로 통할 뿐이라 하더라도 시도 못 쓰는 놈이 꼭 절필을 선언하거든, 그래 절필 역량도 안 되고 낭설이나 분탕질하는 지금까지의 너의 대표작은 뭐냐

　스타일리스트라고 알랑가 몰라, 내 비록 스타는 아니지만 나름대로 내공이 있는 아티스트야 그리고 나는 납품 따윈 안 해

　아티스트들 내공 다 다치겠네, 야야 이 말만큼은 절대 아끼려 했으나 너의 종교와 국가는 여자가 될 것이야, 네 관상이나 성질 부림부터가 그래 그레이스 켈리나 루 살로메처럼 군침이 돌 저명인사 쪽이 아니라 두고 봐 후지고 천박한 여

자들이 널 오래오래 살게 할 것이야 딱, 운명적으로 사랑에
미친 노랠 평생 컹컹 짖어댈지라도 어차피 세계를 못 먹을
바엔 나름대로 개 골목을 사는 것도 괜찮아

　아니 이런 씨팔, 개 팔자건 소 팔자건 형은 지도 없이도 찾
아갈 지옥도를 빨리 그려놓는 게 좋아

　……!

　그러고 보니 갔네! 어느새 십 년이 넘었네, 다른 건 다 없
어져도 당대에 허무만큼은 뿌리가 있어야 된다고 푹푹 열을
뿜던 형이 이젠 그립고 그리워, 서로를 물어뜯고 흔들어야
이빨을 쉬게 하던 옛 전주역 근처 버드나무 족발집, 지나간
우리들의 수도원

방울이네 방

　자세히 바라보자면, 바람도 지푸라기 한 줄로 땅을 끌며
굴러 오네
　필시, 속눈썹이 앞을 가린다 해도 눈꺼풀을 열고 닫는 것은
　마찬가지일 것이니, 새벽종이 울리고 유신정권은 날개를
달고
　그냥 틀어놓은 라디오에선 '부베의 연인' 노래는 들려
　양장점이나 미용실 시다의 싱숭생숭 마음에 주름과도 같이
　한번 잡히면 구겨지지도 않는
　유리창이 있었네,
　빠끔히 들여다보면 일찍 생활전선으로 나선 시다들이
　콧등이라도 퉁길 수 있게, 시골은 시다들로부터 더욱 빛
나던, 막간
　가게 안에서 그려 보자면, 유리에서 태어나
　유리를 타고 흘러내리는 빗방울을 또록또록한 눈망울로
납득하기까지
　읍장님도 언뜻 스치고 우편배달부도 지난 다음
　같은 또래 학생들이 가수나 코미디언 흉내를 내며
　밖에선 꼬아 내보려 애를 태우고 안에선 덩달아 설레던

그네들의 빗장을 고향 땅에선 은방울 금방울, 방울이네
방이라고 불렀네

새들은 무조건 고향을 떠야, 고향이다

햇볕이 아무리 길어도 사각에까진 못 쳐들어온다
밀린 월세를 봉투에 넣어놓고 세 모녀가 세상을 떠난 지
얼마,
엊그젠 또 기업인이 억울하다며 북한산에서 목을 매달았다
자살이 그렇게 쉬우면 어떻게 어렵게 사나
시골에서 오래 살다 보면
제 마음을 받아주지 않는다고 농약을 먹고 멀리 떠난
장정들 더러 있었다, 대책이 없어야 혼자만의 사랑이겠거니
죽는다는 걸 군대 가는 것쯤으로 알았나 보다
지평선 위에 수평선을 포갠 일등병 계급장을 달고
간간이 휴가도 나올 줄 알았었나 보다, 더 더러워지기 전에
깨끗이 떠난 청춘들의 사례는 그럭저럭 인정할 수가 있었다
한번 가면 그뿐인 그곳을
조류학자들은 새들의 고장이라고 학술지에 발표도 하지만
새들은 고향이 너무 많다
앉았다 뜨면 무조건 고향일 수밖에 없는 그거

새똥 하나가 뿌연 농약 색 소금으로 남는다

화염

더 굶주려야 한다, 배고파야 산다
비도 허기에 지쳐
푸석푸석 먼지부터 날리고 맨땅을 적신다

배가 부르면 다 죽는다

비온 뒤, 꽃잎이 활짝 피는 까닭은
저 혼자도 제 향기가 그리웠을 것이다
장미를 보아
철조망을 단체로 타오르고 있잖니
산다는 건, 화염이야 화염뿐이야

사람도, 사람이 고파서 악몽까지 꾸며 산다

미카

저기는 약속의 땅, 말뚝만 꽂아도 당선된다는 순천 곡성이
예산폭탄을 투하하겠다는 여권 후보에 밀려 위태롭다더니
아니나 다를까, 민란이 일어났다
표 달라 손바닥으로 비비기보다 누워버렸어야지

미끈한 KTX는 앞대가리 다 깨져서도 영문을 모르듯이

미카*와 디젤 기관차가 옆구리 터지게 영등포로 실어 날
랐던
  소녀들이 지금 몇 살이나 되어 눈꺼풀 도도록이 불리는지
  잘 해야 공단, 미용실이나 양장점으로 빠지고
  일부는 역 부근 사창가에 누워서, 집으로 보낼 양식을 벌
던 일
  계절도 아닌 개발독재 시절
  기차야 날 반드시 갈아 봐라, 그렇게 산화해간
  그 나이 이제 칠십 이쪽저쪽이겠으나
  국가발전 그 명부 어느 구석에 이름 석 자나 올렸을까
  김 순덕

최 경자

쪽팔리니까 본명보다 미카와 디젤이라고 불러주자

KTX를 타고 우르르 표 동냥을 다니던 야권 수뇌부들은

그 땅에 맺힌 넋두리들을 뼛속으로 느끼고

멀리 흐르는 강이 왜 누워 흐르는지, 또 돌아눕는지를 알

았어야 해

* 미카-증기기관차의 이름

그때, 그 여자 나이 서른여섯

인간이 얼마나 약한 존재냐면, 남의 것을 살짝살짝 빼앗
아야
직성이 풀리고 고소해지는 족속이기 때문이다

비늘이나 지느러미는 싫어
통조림처럼 닫힌 채로 둘이서만 살고 싶어
백 번 천 번 통조림통 같은 소리만 읊조리다가도
어느 바람 불어 쥇값 치르기 좋은 날
세탁기 드럼 속에 옷가지처럼 엉켜 돌다
털털 털려 빨랫줄에 척척 널리고 싶다던

그때, 그 여자 나이 서른여섯

원죄의 원죄, 그 마당엔 오늘은 햇살인지 그늘인지
우리 얼마나 빗나갔으면, 그 많은 햇빛의 유탄들이 다 비
켜 갔을까

사약

땅에 내리자마자 튀어 오르는 굵은 빗방울처럼
동천이면 어떻고 서천이면 어때서
남천 북천을 탓하랴
모든 길은 오로지 하늘로 통할 뿐이다
강물이 모여 바다를 이룰 때
두리둥실 돛단배 띄워 초승달 곁으로 가는 것으로
생을 다하리,
한마딜 남기고 바람 한 대접 사약으로 들이키고
벼랑에서 뛰어내린 승부사가 있었지

그 사람 꿈과 바람은

도대체 부끄러움이 무엇인가를 모르고
지금도 이름이나 팔아먹는 걸립패들에 의해
무색해져 가긴 가지만

기후, 그래 나는 아직도 불탄다

사랑도 뒤집어버리라고 사랑인데 빈 공약 그까짓 것쯤이
야, 뼁
비켜주세요, 나머지는 쓰레기와 바람 그리고 허구뿐인 것을
대통령 한자리를 위해
국민을 살살 달래는 궁색을 국가라고 한다면
전복을 꿈꾸는 이 부질없는 분기탱천
우리는 충분히 창조적이지 않고
결사코 소환해야 할 역사의 여독은 만만치가 않아
길 좀 비켜주세요, 낮 경기장에 갑니다
뜻대로 풀리지 않아야 야구이듯이, 풀리지 말아야 생활이
겠지요
타자는 검투사처럼 배트를 높이 들었을 때
우르릉 꽝꽝 마른번개 치고, 괜히 성질부터 난
군중들은 사자의 이빨을 드러내놓고
잡아라 잡아 삼진
넘겨라 넘겨 홈런

뼁! 받아친 공이 파울플라이로 날아가듯 모든 게, 뼁이었

으면

　남부사막 끄트머리 사직구장에선 도대체 신경 쓸 일들이
없어요
　아이들 어른 할 것 없이 스마트폰에 매달려 사는, 새삼스
러운 폐허
　산란한 분위기를 감싼다는 게 도저히 허위만 같아서
　부슬부슬 내리던 비도 발을 감싸고 다시 올라가
　구름부처처럼 돌아앉아 버리니
　열풍을 대동한 기후는 저절로 불타오르겠지요

　참! 성문 앞 우물 속에 소나기는 꽂힌 채로 말라죽었답니
다, 그야 뻥이지요

기후, 묻지 마

내처, 이리저리 둘러 내 그림자와 함께 걷는 활달한 대낮
하늘 아래 첫 동네를 도란도란 이야기 나눴네
빌딩 숲을 건설한 설계사의 손목을 댕강 잘라버려야 해
이름 없이 살다 간 쪽방촌 사람들의 풀 벗겨진
무덤 위에 나비는 날아와 노란색을 풀며
하늘하늘 춤사위를 날리니
햇빛은 그늘을 자랑하고
그늘은 질긴 인연처럼 햇살을 끌어들이는 산동네
연탄재 깔린 골목에 앉아 닭처럼 조는 노인네들은
태양계를 벗어난 우주선도
나중엔 공중의 무덤이 된다는 것을 알까 모를까
아아 둥둥
이 바보 같은 삶
밥통 같은 무덤도 닳아 없어져야 비로소 무덤인 것을
기후는, 후기를 남기지 않아도 좋을 만큼
모처럼 포근하여라, 그러기에 아무런 소용가치에 닿지 않는
인구 숫자로 버텼다 해도
소용, 같은 하늘 아래 그 첫 동네에서 밑을 바라본다면

고대, 아니 고도 문명이 이룬 무중력의 도시는

유리, 깨진 유리까지 들썩들썩 반짝거리며 턱없이 빛나던

것을

감격시대

반여동에서 남포동까지 나가는 5-1번 인상 좋은 버스기사님이
칠십 대 할머니 한 분이 느릿느릿 오르자, 자 자리 잡고 앉으세요
한 정거장 가서
육십 대 남자가 오르자, 아저씬 나처럼 흰 머리네요 하하
사십 대 통통한 아줌마가 오르자, 공처럼 가뿐히 솟아오르시네요
신세계 백화점 앞에서, 짝퉁인지 명품인지 몰라도
가방부터 오르는 미시족에겐, 대체 어디까지 날아가시렵니까
또 한 정거장 가서 이십 대 날렵한 아가씨가 오르자
오마나! 언제 탔었능교
고마웠다, 바닥에선 다 한때는 튀어 오르는 공이었을 게다

시간은 널리 멀리 분산된다, 제 발길에 차인 하얀 공처럼

오늘은 버스를 같이 타고 데굴데굴 굴러갈 뿐,

분산된 시간은 절대로 재모집되지 않아도 좋다

저 거리는 아직도 우릴 부른다, 환희에 빛나는 숨 쉬는 활로를 찾아

노트야 놀자

삶이라는 이 장비는 충분히 녹슬었다
동렬을 기록할 노트야 이젠 놀자
해군 육천 명 이상을 태운 항공모함이나
나뭇잎이나 바다에선 같이 둥둥 뜨는 것이어서
배는 이미 수평선 너머로 가버리고
낙엽은 바람 한 장으로 살라 하네
역시 동행이야
그래도 노을이 지면 속은 좀 뒤집어지기 마련이어서
내일 아침 바다에서 건질 게 어디 무게뿐이랴만
빈 들에 허수아비도 속옷은 걸쳐 입는데
바다는 자꾸만 파도로 바다를 벗으려 한다
누가 누구와 놀다 갔는지
대낮이라는 장치도
먼바다란 장면도 가고
꿈이라는 거푸집 파도만 노트로 남는다, 출렁출렁

영월

협곡을 끼고 기차나 버스까지도 제 꼬리를 물었다 놓았다
다시 물어뜯으며 달리는 것이네

사북이었던가
정선이었던가

포말로 부서지는 계곡에선 제비도 꼬리를 적시고 솟아오
르고 덩달아 뛰어오르던 물고기도 원천이라는 발원의 샘이
있었을 것이니

꼬리를 흔드는 것들은, 다 둥지가 있네

잊히기 싫어, 더는 늙지 않게 해줘, 웅성거리는 추억 쪽, 아
픈 눈망울 글썽이던 눈 밑에 번지 없이 번지던 파리한 네 주
소지가 오늘은 더 겹겹으로 젖을 모양인가

반절은 햇빛이고 나머진 반사되는 강물뿐인, 영월이었네

천 개의 바람

모피아, 관피아, 해피아, 제법 잘나간다는 별종들이
등장한 지 제법 되었다
그들의 점심은 주로 칼을 들고 스테이크를 썰거나
일식으로 젓가락 장난치는 모양이니
우리 것만 아니면 된다
집합, 가족들과 스카이라운지로 저녁식사를 갔다 치자
아이들에겐 스파게티나 피자를 시켜주고
부부는 피아노 연주를 들으며 붉은 와인을 당기며
자 쨍그렁 쨍
그라스를 부숴버려도 될, 이 자리 이만큼 올라왔으니
저 밑에서 어른거리는 토종들 불빛의 거리로는 가지 말자
선민의 매뉴얼만 따라가면 돼, 엉
내일은 남이 써준 유명인사 책 출판모임에 가야 하니
수입산 정장으로 카드 한 번 긋고
국가는 무너져도 우리는 끝까지 살아남는다
다만 연봉은 대한민국에서 받을 뿐이다

나는 야피아, 야구장에서 퍼진 라면을 먹는다

천 개의 바람

요즈음 바람은 개수로 센다, 속눈썹들이 너무 긴 바람의
나라

철시

기장시장에 내려 장안사로 갈까 연화리 바닷가로 갈까 망
설이는 공터에서 웬 노인네가 펼쳐놓은 좌판을 내려다보니
중고 신발들이다

짝짝들이 놀고 있다

쳇! 산다는 건 신을 갈아 신는 것뿐이었네, 흰 눈 소복소
복 쌓인 마당에서 처음 신던 고까신부터 고무신 운동화 군
화 안전화 신발이 바뀌면서 모습도 달라지던 그때 미끌미끌
땀이 범벅이 되어 발부리 다치면 길도 함께 고장 나, 슬리퍼
로 직직 세상의 어두운 그늘만은 끌지 않기를

짝짝짝짝 박수 치듯 먼지 털듯 발바닥을 터는 중간의 철
시, 노인네가 자릴 옮기려는지 짝을 맞춰 신발들을 쓸어 담
는 박스 위에 떨어지는 마른 잎

극락이나 지옥으로 갈 땐 신발을 벗고 간다

나직한 소리들이 들리는 것만 같아, 사라지고 잊혀서야 비
로소 완벽할 깔창 위의 모든 날들을 환하게 털어 주세요, 몇
번이나 곁눈질로 부탁했다

백합부대

　사상과 이념은 모래, 모래 위에 누각을 세웠으니 무너지는 것을
그 밑천으로 삼는다
　돈 한 푼 안 먹었다고 버티던 민주투사 출신 정치인에게
　묻는다, 지금이 암흑의 시대인가
　그렇다면 별의 가치는 어둠으로 더욱 빛나야 할 것을
　카메라 앞에 지지자들이 백합꽃 잔치를 벌인다
　억울하다면, 대법원에 폭탄을 던지고 스스로도 분신을 해야지
　백합이 불타오르는 건, 백 번을 생각해도 억울해서다

　너무 가깝게 비워둔 오래 그 오래, 봉오리를 벗어나기 싫어서다

　주변이 아파서다, 진실은 반드시 이긴다느니
　정의는 죽지 않았다느니, 그리 구차해서 구치소행일까
　필요로 할 때만 꺼내서 쓰는
　우리나라 용 진실과 정의는 처음부터 모래로 뭉쳐져 있었

던 것이다

가짜야 오라, 오래 머물다 가지를 마라

국기게양식이나 하향식에서 가슴에 손을 얹고, 괜히 엄숙
해져선
우리는 민족중흥의 역사적 사명을 띠고 이 땅에 태어나
국가가 시키면 시키는 대로 기꺼이 죽어야 한다
쿠데타로 톡톡히 재미를 본 정치건달들 몇 왔다 가는 사이
나를 망친 건 정의였고, 그나마 나를 살린 건
얼떠서 따라 부른 군가였으니
무엇을 누구를 위해 아직도 골은 울린다는 것이지

가짜야 오라, 오래 머물다 가지를 마라

배꼽으론 숭숭 찬바람이 들락거리는 황토찜질방에서도
'그녀가 묻거든 그도 그렇게 울면서 전선으로 떠났다 말
해주오'
'너와 나 나라 지키는 영광에 살았다' 짜가 짜가
나 지금 맛이 가도 한참 갔어
허파 맨 밑바닥에 누룽지처럼 눌어붙은 군가만큼은
밖으로 내보내야만 한다

양 날개를 푸드덕거리며 수없이 방출시킨 그것이

이빨, 그 철벽을 넘지 못하고 혓바닥 위에 추락하는 이반

목이 또 쭈뼛이 게양되어, 늙은 닭처럼 살까

붉은 혀들이 태극기 깃발로 말라간 수많은 날들

분노란 애매한 것, 생애에서 가장 뜨거운 것이 얼음이 되듯

홍얼홍얼 쏟아지던 내 육성은 얼음부스러기, 아니다 덩어
리 자체였다

1 % / 이제 만나러 갑니다

　결격이야, 카드가 인격을 대신하는 극지에 당도한 카드난
민이
　얼마나 많은데, 탈출이라던가
　정착이라던가, 국적을 급히 취득한 날 중에서도
　오늘은 이빨이 가지런한 하얀 날인가
　탈북미녀들이 종편채널에 나와 대낮부터 온갖 수다를 떤다

　　─풀뿌리 뱀, 쥐, 다 잡아먹습네다
　　─인민은 굶어도 1%는 끄떡없씨요

　하기야, 사이비 종교집단 같은 신파공화국에서 지지고 볶
은 날이야
　말로 들어 다 헤아릴 수 없으나
　체제에 대한 선전선동은 가령 이런 것이다
　　─우리가 우월하니 마음껏 지껄여 봐요
　　─못다 웃은 웃음 이제 같이 웃어요 깔깔깔깔
　더 까발리라고 부채질하는 여성 사회자의 흡족한 미소와
는 달리

괜히 마음이 싱숭생숭해

창을 여니 적막강산 어느 절간 노스님의 주장자처럼

비는 후드득후드득 마른 땅을 짚고 가는데

참 공교로워라, 분단 육십오 년은 이쪽이나 저쪽이나

1%의 로열패밀리를 위해 99%가 목숨 줄을 매달고 있단 말인가

앞니 빠진 기분으로 홱 잡아 튼 다른 채널에선

부글부글 개구리 알 까는 소리가 들려, 구구다보니

금지약물을 복용한 보디빌더의 가슴이 닭가슴살처럼 떡 벌어지고 있네

삼각토론

남들은 오직 생계를 위한 일인 것을,
헛 공상에 골이 돌아 잠시잠깐 배를 얻어 탄 적이 있었지
삼각파도가 갑론을박 토론하듯 시펄시펄 살아 꿈틀대는
동지나해 끝, 높은 물결은 잔잔해질 줄도 아는 적당한 틈
을 타
싣고 온 상자만큼만, 배때기 샛노란 조기로 채우면 만선
으로
한 항차 때리고 그만 돌아가는 것을
해파리 떼만 잔뜩 올라와선
낙하산처럼 펼쳐놓았던 안강망 그물은 그물대로 어지럽고
캔버스*는 중간에 끝난 혁명의 깃발처럼 애처로워서야

바다에선 허탕만큼 깊고 넓은 것이 없단다

도라사공**은 다이야***를 다시 감는 저물 무렵
미끄러운 갑판 정리하다, 저것이 산인가 산맥인가
태극기 꽂고 赤壁처럼 높이 떠가는 수출컨테이너선을 보며
일곱 사공들, 난장이처럼 손 흔들어줄 때

빨갱이 새끼들은 고기도 빨간 고기만 잡고, 흥흥
물때를 기다리다 지친 선장은 조곤조곤 혼잣말을 씹는다
좋은 꿈은 76톤 어창에 다 담아
벌 나비 날아들어야 무 꽁다리도 꽃바람 나고
청천하늘에 흐르는 새털구름 따라
흙 파서 흙밥 먹는 게 최고의 복락일 텐데
연좌제로 때려잡던 족쇄의 시절도 있었으니 참!
어려워야 한 번 살지, 쉬워서 두 번 살까
선장의 오랜 친구라는 기관장이 맞장구를 치는데
선탑 안테나에 홀려 구름 속으로 숨어 따라오던 달
삐―비 삐―비 투망의 벨이 길게 울리는
달빛바다에 브이보다 먼저 던진, 숭숭 구멍 뚫린 심장들

　파랑, 희생이었고 사랑인 가족들의 숨결이 단체로 밀려왔
다 밀려가던 소리

　* 캔버스-어물이 들어가기 용이하게 설치한 붉고 큰 휘장막
　** 도라사공-밧줄을 사리는 선원
　*** 다이야-밧줄이 쉬 썩지 않게 감는 화학섬유

책, 읽어주는 남자

사람 노릇 하기 틀린 형상들이 꼭 예술을 찾고
남에게 베푼 적 없는 그릇들이 늘 혁명을 부르짖어
수박 겉핧기식으로 거리를 쏘다닌 적이 있었지
둥글둥글
갈아 치워야 할 혼령이 없다는 게 얼마나 편한 줄 아니
쿠데타 그리고 산업화, 민주화에 또 세계화에
박수, 박수만 치다 끝나가는 인생들의 책은
빈 손바닥뿐인데
활로이고 모색이며 집약인, 책
박수도 오래 치다 보면 손바닥이 얼얼한 것이
틀림없이 미래가 아프다
햇살이 푸슬푸슬 낙엽처럼 말리는
부전시장 건너 동부화재 건물 앞, 책 읽어주는 남자
동상으로 서 있는
너를 또 본다, 아니 나를 보았다

역시, 우린 아직도 항쟁실록에 머물러 사는 동지니까

나비 잡는 법

팔랑팔랑 나는 저 책
세상을 새롭게 열어버릴 듯이 날던 책장이
눈에 어른어른
우리 동네에 처음 들어왔던 앳된 소녀만 같아서
읽기도 어렵고 덮기는 더 싫어, 영
공무원 시험을 볼 때마다 낙방을 하고
떨어지려야 더 떨어질 데가 없는 바닥을 전전하며 살게
해준
그 얇디얇은 날개가
바람이면 바람 속에서 어떻게 흩날리고 있을까
나비야 나비
고맙다, 높이보다 바닥이라는 넓이를 살게 해준 그 공책을
하얀 나비라 부르는,

이 박차 막바지의 생, 내 최고의 직장은 공공근로였다만

다시 나비를 잡으려면 몰래몰래 다가가
집게손가락에 날개 끝이 닿을락 말락 하면

고개를 돌리고 입을 크게 벌려 하품 한 번 하고
사르르 눈을 감아 버릴 것

낮은 곳에서 나비를

고봉준(문학평론가)

서규정의 시에선 조르바(Zorba)의 음성이 들린다. 모든 곳에서 거침없이 자유로운 영혼의 투쟁을 펼쳐나가는, '앎'이라는 그물을 돌파하는 '몸'의 언어로 말하던 자유인 조르바. 서규정 시의 미덕도 여기에 있다. '몸'의 언어는 태생적으로 거칠다. 몸의 언어는 사변적 지식보다는 몸부림의 원초적인 정직성을 더 신뢰하기 때문이다. 그래서일까? 서규정의 시에는 '시'라는 장르에 대한 고려가 별로 드러나지 않는다. 대신 시를 쓴다는 것, 즉 행위에 대한 실존적 자의식이 그것을 대신하고 있다. 그의 시는 익숙한 어법에서 벗어나려는 태도를 보이지만 실험적이지 않고, 현실에 대한 혐오와 비판을 앞세우지만 충분히 서정적이다. 누군가는 이것을 가리켜 '불편'이라고 말했고, 또 누군가는 이런 시인의 태도를 '실존'이라고 명명했다. 하지만 우리가 서규정의 시에서 먼저 고려해야 할 것은 현상이 아니라 원인이니, 이 '불편'과 '실존'에서 비

롯되는 투박함이 그의 글쓰기가 '시'에 대한 통념을 염두에 두지 않기 때문에 생기는 것이라고 말해두자. 빈 캔버스를 마주하고 앉은 화가를 상상해보라. 캔버스 앞에 앉은 화가의 손이 쉽사리 움직이지 못하는 이유는 무엇일까? 그것은 그가 무엇을 그려야 할지 결정을 못했기 때문이 아니라 빈 캔버스를 가득 채우고 있는 회화에 대한 통념들을 지우는 중이기 때문이다. 사실 화가가 마주하고 있는 빈 캔버스는 결코 비어 있지 않다. 아무것도 그려지지 않을 때조차 캔버스는 '무(無)'가 아니다. 제도 안에서 그림을 배운다는 것은 그리고 싶은 것을 자유롭게 그리는 것이 아니라 그려야 할 것을 이미 존재하는 방식에 따라 그리는 방법을 습득하는 것이다. 반면 비제도적 방식으로 그림을 그린다는 것은 그려야 하는 방식과 다르게 그린다는 것을 의미한다. 단적으로 서규정의 시에는 직·간접적인 학습을 통해 습득한 '시'에 관한 기존의 문법이 없다. 아니, 전혀 없지는 않지만 최소한 사람들이 '시다움'이라는 말하는 발화 방식은 매우 제한적이다.

> 나도 모르게 흐르고 또 흘리는 눈물과 눈물 가운데, 높이
> 태백산맥과 같은 콧등이 있어서
> 저편에서 누가 우나
> 이편에서 눈치를 보아야 할 형편은 아니더라도

부디 부름에 시간은 맞춰줘야지

눈물 콧물 침 질질 흘리며, 한발 앞서간 등줄기가 안타까워

잠자리는 온몸이 온통 눈망울인 채로

헬기처럼 준령을 타고 넘었을 것인데

사실 눈물이라는 게 불타지 못한다면, 어디서 또 샘을 찾
겠니

허구한 날 높지도 않은 콧등에 가려

오른쪽 눈이 보이질 않아 왼쪽 눈을 찔끔 감고 마는

기초생활 수급을 받는 나같이 한심한 민생들아

전신경계가 떨리도록 울음과 눈물과 박자는 맞춰주자

한쪽 눈에서만 구르는 눈물, 누가 부르는 부름인지 몰라도,
어이

– 「부름 / 한쪽 눈에서만 흐르는 눈물」 전문

이번 시집에서 시인이 기성의 시적 문법과 차별화를 시도
하는 부분, 즉 '시다움'에 해당하는 발화에 반(反)하는 새로
운 발화방식으로 선택한 시적 전략의 하나는 '/' ',' 같은 문
장부호를 자주 사용하는 것이다. 가령 인용시를 비롯하여
「1% / 이제 만나러 갑니다」, 「못, 두들겨라 연못」, 「곧, 사
과」, 「방은, 방밖에 짓지 못한다」, 「황사, 미세먼지에 대한
재확인」, 「가끔은, 보름달도 기러기 떼에 포위될 때가 있구
나」, 「그때, 그 여자 나이 서른여섯」, 「기후, 그래 나는 아직

도 불탄다」 등처럼 시인은 제목에서부터 실용적인 가치와 무관한, 때로는 문법적인 성격에 맞지 않는 기호들을 삽입하는 독특한 발화방식을 고집하고 있다. 이 독특한 발화방식의 시적 효과는 무엇일까?「부름 / 한쪽 눈에서만 흐르는 눈물」의 경우를 살펴보자. 이 시는 제목 그대로 화자가 어떤 의학적인 이유 때문에 한쪽 눈에서만 눈물이 흐르는 경험을 하고 쓴 작품이다. 시인은 두 눈 사이에 위치한 '태백산맥과 같은 콧등'을 활용하여 이야기를 진행하고 있으며, 궁극적으로는 "울음과 눈물과 박자는 맞춰주자"라는 진술처럼 '눈물'이 두 눈에서 동시에 흘러내리기를 기대한다. "한쪽 눈에서만 구르는 눈물"은 분명 의학적인 질병에 속하지만 시인은 그것을 '부름'에 대한 (무)응답이라는 사건으로 시화(詩化)하고 있다. 그런데 이러한 시적 내용이 전부라면 시인은 굳이 제목에 '/'를 포함시키지 않아도 좋았을 것이다. 간명하게 '부름'이라고 썼어도 좋았을 것이며, '한쪽 눈에서만 흐르는 눈물'이라고 썼어도 문제는 없었을 것이다. 하지만 이 평범한 진술 사이에 '/'가 들어가면 제목 자체의 느낌이 사뭇 달라진다. 독자들은 어떻게 처리해야 좋을지 모르는 '/'를 껴안고 시를 읽어야 하기 때문이다. 일종의 '낯설게 하기(defamiliarization)'이다.

정파의 선거홍보전단지처럼 펼쳐진 호박잎, 잎맥이 분연

하다

누추하지만, 나비야 내 방에 오려무나

제 몸의 피돌기가 멈춰거, 무릎도인에서 쫓겨난 대양의

또 다른 발광체라고, 홍보진 않을 테니 제발 놀러나 좀 오렴

비록 13평 임대아파트라도

샤워기 물은 폭포처럼 펑펑 쏟아져

찜질이나 더 뜨겁게 혼욕이나 즐겨보자

정돈을 넘어선 혼돈도 질서와 같은 방향일 때

세상은 늘 밖에만 갇혀져 있고

세월은 뭉게구름처럼 뭉그적뭉그적 흘러가는데

저 묵은 피 생피처럼 다시 돌게 하려면

우둘투둘 닭살이 드러나는 닭도, 날개가 있다

쩌렁쩌렁한 거울을 보며 날개나 한껏 빨아 털어보자꾸나

닭과 나비, 그리고 전단

산뜻한 인텔리의 사랑놀이보다

흐느적거리는 기층민들의 불륜이 더욱 애틋한 것은,

극우나 극좌나 정서의 수탈을 정치의 기본맥락으로 깔아선

일단 축축하게 젖어 있으면 된다

바깥에 비좁게 갇힌 너

안에서 무턱대고 열린 나

반절은 실실 울고 나머진 털털 웃으면 되는, 이 익명의 계절

나비야 나비 모처럼 내 집에 올 때는

벽에 붙은 색 바랜 사진처럼 그렇게 오지는 말고

열락인지 지옥인지 도대체 모를, 수증기 자욱한 화장실로 먼
저 오라

- 「익명의 계절」 전문

한편 서규정의 이번 시집은 (정치)현실에 대한 비판적 시
선과 실존적 세계의 결핍을 겹쳐놓음으로써 전체적으로 현
실, 즉 상징적 질서와 불화하는 시인의 내면을 드러내는 데
집중하고 있다. 한 시인의 시세계란 결국 그를 둘러싸고 있
는 세계에 대한 실존적 가치판단으로 귀결되기 마련이다. 이
는 시인이 자신이 속한 세계와의 관계를 어떻게 감각하느
냐 하는 문제이기도 하다. 몇 편의 시를 살펴보자. 시인은 자
신이 살고 있는 지금 이곳을 "영웅도 전설도 보이지 않는 이
시대"(「곧, 사과」)라고, "진실과 정의는 애써 외면해야 살아남
는/이 사회"(「명랑」)라고 규정한다. 또 다른 곳에서 그는 이
사회를 "어둠처럼 너무너무 공정한 나라"(「신세계」)라고 명명
하고, 심지어 "국가라는 틀 속에 갇혀, 우리 모두는 새 됐다"
(「쪽박 위에서 또 내일을」)라고 진술한다. 한 마디로 시인에게
이 세계는 '폐허'(「체류」)에 가깝다. 시인은 이 폐허의 도시에
서 살아가는 사람들에게서 죽음의 흔적을 발견한다. "어느
집 가장들인지 녹신한 뼈마디를 겨우 간추려 일어서는/저들

은 지금 사람이 아니고, 필시 유령일 거야"(「안개 뒷문」) 시인
의 내면 풍경도 사정이 다르지 않다.

화자는 "13평 임대아파트"에 살고 있다. 그에게 자신이 살
고 있는 시간은 '익명의 계절'이다. 익명의 계절이란 무엇인
가? 그것은 정체가 없는, 계절의 정체성을 판단할 수 없는
상태를 의미한다. 이 알 수 없는 혼돈의 시간 속에서 화자는
자신의 누추한 '방'에 '나비'를 초대한다. 서규정의 시세계에
서 '나비'는 단순한 자연적 존재가 아니다. 이번 시집이 「낙
화」라는 하강의 이미지로 시작하여 「나비를 잡는 법」이라는
상승의 이미지로 끝난다는 사실은 매우 중요하다. 앞서 말
했듯이 이 시집의 전체적인 정서는 세계와의 불화이지만, 그
갈등하는 장면의 곳곳에는 상승의 이미지가 숨겨져 있다. 이
는 서규정 시의 욕망의 벡터(vecto)가 현실과의 불화에서 멈
추지 않는다는 것을 의미한다. 그래서 부정적인 현실을 배
경으로 하는 「명랑」의 경우에도 바람, 미풍, 모공을 뚫고 나
온 머리칼, 저 높은 풀씨 등처럼 온통 지상에서 공중을 향
해 올라가는 것들이 지배적인 이미지로 등장한다. '나비' 또
한 다르지 않다. 시인은 지금 누추한/부정적인 자신의 실존
적 거소에 '나비'가 도래하기를 간절히 희망하고 있다. 그런
데 이 시의 장면은 어딘가 이상하다. 상식적으로는 "13평 임
대아파트"가 더 불편할 듯한데 정작 시인은 "세상은 늘 밖에
만 갇혀져 있고"라고 말하고 있기 때문이다. 화자의 주장에

따르면 갇혀 있는 것은 '나'가 아니라 '세상'이다. 안과 바깥, '나'와 세상의 대칭성은 "바깥에 비좁게 갇힌 너/안에서 무턱대고 열린 나"라는 진술에서도 반복된다. 흥미롭게도 화자는 마지막 행에서 '나비'에게 "열락인지 지옥인지 도대체 모를, 수증기 자욱한 화장실"로 먼저 오라고 이야기하고 있다. 이 화장실은 도대체 무엇일까? 추측건대 그것은 "열락인지 지옥인지" 구별되지 않는 식별 불가능한 지대, 그러므로 상징적 질서가 지배하는 이 세계와는 다른 세계이다. 화자는 상징적 현실과 불화할지언정 그것을 수락하지 않는다.

    결격이야, 카드가 인격을 대신하는 극지에 당도한 카드난민이
    얼마나 많은데, 탈출이라던가
    정착이라던가, 국적을 급히 취득한 날 중에서도
    오늘은 이빨이 가지런한 하얀 날인가
    탈북미녀들이 종편채널에 나와 대낮부터 온갖 수다를 떤다

    (…)

    참 공교로워라, 분단 육십오 년은 이쪽이나 저쪽이나
    1%의 로열패밀리를 위해 99%가 목숨 줄을 매달고 있단 말인가

앞니 빠진 기분으로 홱 잡아 튼 다른 채널에선

부글부글 개구리 알 까는 소리가 들려, 구구다보니

금지약물을 복용한 보디빌더의 기슴이 닭가슴살처럼 떡 벌
어지고 있네

— 「1% / 이제 만나러 갑니다」 부분

서규정의 시에서 현실과의 불화는 불행과 고통에 시달리
는 주변적 존재들의 삶과 부정부패와 권력을 이용하여 승승
장구하는 정치인·경제인의 삶을 대비시키는 방식으로 구체
화된다. 이번 시집에 등장하는 인물들, 예컨대 "하루 피고 하
루 쉬는 막노동자"(「황사, 미세먼지에 대한 재확인」), "이름없이
살다 간 쪽방촌 사람들"(「기후, 묻지 마」), "박수만 치다 끝나
가는 인생들"(「책, 읽어주는 남자」), "생떼 같은 빈민들"(「곧, 사
과」), "복지사각에선 착화탄 피워놓고 아무 말도 없이 가는
사람"(「가자, 가자행 열차는 붉은 노을에 맞춰 떠나네」) 등은 모
두 주변적인 존재의 일원이다. 「1% / 이제 만나러 갑니다」
는 이런 불합리한 현실적 질서가 북한만이 아니라 남북한
모두가 직면하고 있는 것임을 강조함으로써 사태를 1% 대
99%의 문제로 확대시키고 있다. 화자는 탈북여성들이 '이제
만나러 갑니다'라는 종편 프로그램에 출연해 북한 체제의
실상을 비판·폭로하는 장면을 보고 있다. 그 비판의 핵심은
'인민'은 "풀뿌리, 뱀, 쥐" 등을 잡아먹으면서 연명하고 있는

데 '1%'에 해당하는 상류층은 호화로운 생활을 즐긴다는 것이다. 추측건대 여성 사회자를 포함하여 방송에 출연한 한국 사람들은 이런 북한의 실상을 빈정거리고 조소하면서 남한 체제의 우월함을 즐겼을 것이다. 하지만 화자는 그 장면을 지켜보면서 "분단 육십오 년은 이쪽이나 저쪽이나/1%의 로열패밀리를 위해 99%가 목숨 줄을 매달고" 산다는 공통점을 발견한다. 그 순간 부조리한 북한의 실상에 대한 남한 체제의 우월성은 사라지고 대신 세상은 언제 어디서나 1%가 99%를 착취·지배한다는 계급관계에 대한 비판이 등장한다. 권력을 소수가 독점함으로써 부의 재분배가 양극화되는 이런 현상은 이 사회를 "모피아, 관피아, 해피아, 제법 잘나간다는 별종들"(「천 개의 바람」)이 지배하고 있고, "쿠데타 그리고 산업화, 민주화에 또 세계화"(「책, 읽어주는 남자」) 순서로 시대가 바뀌었음에도 불구하고 그러한 권력의 불평등이 결코 해소되지 않았다는 정치적 인식, 나아가 "쿠데타로 톡톡히 재미를 본 정치건달들 몇 왔다 가는"(「가짜야 오라, 오래 머물다 가지를 마라」) 것과 "대통령 한자리를 위해/국민을 살살 달래는 궁색"(「기후, 그래 나는 아직도 불탄다」)이 '정치'의 전부라는 인식과 결합되면서 '국가' 자체에 대한 부정으로 귀결된다.

   군부가 밀려난 의자엔 투사들이 앉고, 국가를 위하는 척 결

국은 자신의 입지를 굳히려 진흙탕 개싸움을 마다않는 수구 꼴
통이나 진보짝퉁의 끝은 왜 국회 아니면 청와대냐고

　사람과 사랑, 시대 또한 맺히는 것이 있어야 보낼 수 있었다

　몇 개의 정권이 바뀌고, 역사는 종이 한 장 집어 넘기다 페이
지를 접어두고 마는 것이라 해도, 너 빨간색 좋아하지! 책상을
사이에 두고 의자와 의자가 마주 앉아 줄줄이 빨갱이로 엮어볼
물고문을 하고 갸웃갸웃 진술을 하던 웃지 못할 촌극들이 있었
다, 물론 정권의 하수인과 운동권의 앞잡이로 나뉜 풍선대가리
들이겠다만

　풍선은 졸린 목이 풀리면 바로 죽는다
　고문과 핍박이 무엇인가 모두가 분명하게 깨달았으니

　이제 소통이 아니면 고통이라도 주셔야지, 불통에 불통 새마
을운동보다 더욱 발전적인 숨쉬기 운동을 거국적으로 전개하시
고 이내 목마를 타고 떠날 여왕의 무표정을 언제까지 기억해야
되나

　불통이 앞에 있어 우리는 분통을 터트리며 펄떡펄떡 살아 갈
수 있으므로 그까짓 청춘과 회억쯤이야 어디서 장승처럼 날 기

다리고 있는지 몰라도, 은물결 금물결 출렁이는 밤 바닷가에 의
자가 의자 위에 걸터앉아 끄덕끄덕 졸고 있는 것만 보아도, 나
름대로 감사해요

- 「드디어 의자엔 앉을 것이 앉았다」 부분

현실 정치에 대한 시인의 비판은 여(與)와 야(野), 수구와
진보를 가리지 않는다. 물론 현실 정치에 대한 이런 혐오는
냉전 시대를 지나온 경험의 산물일 것이겠지만, 지난 수십
년간 공권력을 앞세워 권력을 독점해온 세력과 거기에 맞
서 싸운 세력을 "수구꼴통이나 진보짝퉁의 끝은 왜 국회 아
니면 청와대냐고"처럼 평면적으로 동일시하는 것에는 선뜻
동의할 수 없다. 마찬가지 이유에서 "노동귀족이 되는 노조
활동/삼십 년이면 세대가 바뀌는 것도 모르고/노동자들과
학생들이 민주화 투쟁을 하다 줄 잘 서면, 국회로도 가"(「미
행」)라는 진술 역시 문제적이다. 「미행」에서 시인이 강조하
고 있듯이 문제는 정치인들이 "국회 아니면 청와대"로 갔다
는 사실이 아니라 그들이 "한번이라도 제 그림자를 시켜 스
스로를 미행해"보지 않았다는 것, 즉 자신의 삶을 성찰하지
않았다는 데 있기 때문이다. 정치인들의 문제는 자신을 성찰
하지도 못하고, "여객선은 침착하게 가라앉고 있다"(「투혼」)
라는 진술이 환기하듯이 국민들의 내면을 짓누르고 있는 상
처에도 전혀 공감하지 못한다는 것이 아닐까. 하지만 오랜

경험을 통해 형성된 시인의 시선에는 이런 주장이 통하지 않을 듯하다. 그의 눈에는 "군부가 밀려난 의자엔 투사들이 앉고~"라는 진술에서 드러나듯이 역사는 '권괴'를 차지하기 위한 세력들의 싸움으로 보이기 때문이다. 이런 관점에서 시인은 지금-이곳의 정치 현실을 비판한다. "이제 소통이 아니면 고통이라도 주셔야지"라는 진술에는 '불통'을 고집하는 권력자에 대한 조소가 들어 있고, 오래된 시의 한 구절을 패러디한 "이내 목마를 타고 떠날 여왕의 무표정을 언제까지 기억해야 되나요"라는 진술에는 근대적 형식 민주주의를 무력화시키고 있는 현실 권력에 대한 냉소가 자리하고 있다. 이처럼 서규정 시의 미덕은 다른 시인들이 좀처럼 '문학'에 포함시키려 하지 않는 이야기들을 적극적으로 시화(詩化)한다는 것, 특히 독자의 익숙한 감성에 호소하기보다는 그것에 낯선 자극을 선사함으로써 내용과 형식 모두에서 통상적인 의미의 '시다움'을 넘어선다는 데 있다. 하지만 서규정의 시에서 우리의 마음을 움직이게 만드는 것은 현실정치에 대한 비판과 풍자가 아니다.

    팔랑팔랑 나는 저 책
    세상을 새롭게 열어버릴 듯이 날던 책장이
    눈에 어른어른
    우리 동네에 처음 들어왔던 앳된 소녀만 같아서

읽기도 어렵고 덮기는 더 싫어, 영

공무원 시험을 볼 때마다 낙방을 하고

떨어지려야 더 떨어질 데가 없는 바닥을 전전하며 살게 해준

그 얇디얇은 날개가

바람이면 바람 속에서 어떻게 흩날리고 있을까

나비야 나비

고맙다, 높이보다 바닥이라는 넓이를 살게 해준 그 공책을

하얀 나비라 부르는,

이 박차 막바지의 생, 내 최고의 직장은 공공근로였다만

다시 나비를 잡으려면 몰래몰래 다가가

집게손가락에 날개 끝이 닿을락 말락 하면

고개를 돌리고 입을 크게 벌려 하품 한 번 하고

사르르 눈을 감아 버릴 것

- 「나비 잡는 법」 전문

서규정 시의 대부분은 선이 굵은 남성적 목소리로 발화된
다. 현실에 대한 냉철한 비판적 시선과 남성적 목소리가 결
합될 때, 그의 시적 울림은 한층 크고 웅장해진다. 하지만 그
의 시집을 거듭 읽을 때마다 마음을 움직이게 만든 것은 남
성적 목소리에서 기원하는 비판적 시선이 아니라 시인의 연

류과 결합된 서정적 언어들이었다. 예컨대 만개한 벚꽃이 떨어지는 장면을 바라보면서 "추억과 미래라는 느낌 사이/어느 지점에 머물러 있었디는 그 이유 하나로도 너무 가뿐한"(「낙화」)처럼 생(生)의 가치를 긍정하는 장면이 그렇고, 사랑에 대한 애잔한 감정을 "사랑이 살던 그 집의 울타리는 일생을 돌고 도는 강물이라서"(「그 곳에 사랑이 살았다」)라고 표현하는 대목이 그렇다. 전체적으로 서규정의 이번 시집은 "제비 떼가 날아가다가 가다가 지쳐//꽃잎처럼 뒤집어져 나풀나풀 떨어지는 그곳"(「능사」), "비는, 이 세상에 처음 박힌 못이 아닐까요"(「못, 두들겨라 연못」) 등처럼 하강의 이미지가 지배적이다. 그리하여 시집의 마지막 페이지에서 대표적인 상승의 이미지인 '나비'가 지배적 심상으로 등장하는 것은 무척 흥미롭다. 물론 이 시에서 '나비'의 원관념은 책이다. 화자는 외양의 유사성에 기대어 '나비'와 '책'의 이미지를 중첩시키고 있다. 화자가 '책'에서 '나비'를 떠올렸는지, 혹은 그 반대인지는 중요하지 않다. 화자는 책-나비를 바라보면서 한때 그것이 자신을 "떨어지려야 더 떨어질 데가 없는 바닥"을 전전하게 만들었다고 회고한다. 이 지점에서 '나비-책'이라는 상승의 이미지는 정반대, 즉 '바닥'이라는 낮은 곳과 연결된다. "고맙다, 높이보다 바닥이라는 넓이를 살게 해준 그 공책을/하얀 나비라 부르는," 이라는 진술에서 드러나듯이 화자는 '높이'보다는 '넓이'의 경험이 중요했다고 말하면서 그것이 자신을 '바닥'에 머물도록 만든 '공책-나비' 덕분이라고 진술한다. 우리는 여기에서 서규정 시의 지향점, 아니 삶에 대한 시인의 태도와 지향을 분명하게 확인할 수 있다. 시인은 '나비'라는 상승의 이미지를 등장시켜 그것을 '높이'가 아니라 '바닥'으로 끌어내린다. 시인에게 삶은 '높이'를 향해 나아가는 과정이 아니라 '바닥'으로 대표되는 낮은 곳에 머무르는 일이다. 서규정의 시세계를 무엇이라고 부르건 그의 시가 '바닥'을 지향하고, '바닥'을 긍정하는 삶의 태도에 뿌리내리고 있다는 사실은 바뀌지 않는다. 이 긍정의 태도 속에서 '바닥'은 추락지점이 아니라 새로운 삶을 위한 도약대가 된다.

서규정

전북 완주 출생. 1991년 경향신문 신춘문예로 등단.
시집으로『참 잔 이은 무릎』,『그러니까 비는, 색시에서 먼저 젖는다』
등이 있다.

다다

초판 1쇄 발행 2016년 5월 20일
　　 2쇄 발행 2016년 12월 9일

지은이 서규정
펴낸이 강수걸
편집장 권경옥
편집 윤은미 정선재
디자인 권문경 구혜림
펴낸곳 산지니
등록 2005년 2월 7일 제14-49호
주소 부산광역시 연제구 법원남로15번길 26 위너스빌딩 203호
전화 051-504-7070 | 팩스 051-507-7543
홈페이지 www.sanzinibook.com
전자우편 sanzini@sanzinibook.com
블로그 http://sanzinibook.tistory.com